**The item should be returned or renewed
by the last date stamped below.**

Dylid dychwelyd neu adnewyddu'r eitem erbyn
y dyddiad olaf sydd wedi'i stampio isod

Newport
CITY COUNCIL
CYNGOR DINAS
Casnewydd

PILLGWENLLY

To renew visit / Adnewyddwch ar
www.newport.gov.uk/libraries

Jac
yn achub y dydd

Mari George

Arlunio gan
Petra Brown

Gomer

Cyhoeddwyd gyntaf yn 2018 gan
Wasg Gomer, Llandysul, Ceredigion, SA44 4JL
www.gomer.co.uk

ISBN: 978 1 78562 113 0

Cyhoeddwyd gyda chymorth ariannol Cyngor Llyfrau Cymru.

Argraffwyd a rhwymwyd yng Nghymru gan
Wasg Gomer, Llandysul, Ceredigion SA44 4JL.

Pennod Un

Y diwrnod y daeth Jac y gwningen i fyw gyda
Rhys a Cadi oedd diwrnod mwyaf cyffrous ei
fywyd. Cwningen fach frown â chlustiau hir,
llipa oedd Jac. Roedd yn chwe mis oed ac yn

llawn egni. Roedd yn chwilfrydig ac roedd wedi cael llond bol ar fyw yn y siop anifeiliaid anwes. Oedd, roedd hi'n gynnes ac roedd gan Jac ddigon o fwyd a dŵr, ond teimlad digon rhyfedd oedd syllu ar bobl yn dod i mewn ac allan o'r siop. Bydden nhw'n pwyntio ato drwy'r gwydr. Byddai Jac yn pwyntio 'nôl gyda'i bawen ac yn syllu'n dosturiol arnyn nhw, ond doedd neb eisiau ei anwesu, heb sôn am ei brynu. Ar y streipen roedd y bai, roedd Jac yn go siŵr – y streipen wen oedd ar draws ei gefn oedd yn ei wneud yn wahanol i'r cwningod eraill i gyd. Efallai nad oedd unrhyw un eisiau prynu cwningen oedd yn wahanol i gwningod eraill.

Ond daeth tro ar fyd. Daeth Rhys a Cadi i mewn i'r siop, ac ar ôl astudio'r holl gwningod bach pert drwy'r gwydr dyma Rhys yn pwyntio at Jac a dweud:

'Hwnna! Yr un â streipen wen ar ei gefn.'

'Ie, hwnna,' meddai Cadi. 'O, mae e *mor* wahanol i'r lleill'.

Gallai Jac deimlo balchder mawr yn corddi yn ei stumog wrth wrando ar sgwrs y plant. Cododd perchennog y siop Jac wrth ei war a'i osod ym mreichiau Rhys. *Dyna braf oedd teimlo llaw feddal yn mwytho'i ben*, meddyliodd Jac. Cafodd ei basio at Cadi a dyma hithau'n dechrau mwytho'i glustiau. Syrthiodd y ddau mewn cariad â Jac, a syrthiodd Jac mewn cariad â nhw'n syth hefyd. A'r union ddiwrnod hwnnw, fe symudodd Jac y gwningen i fyw gyda Rhys a Cadi.

'O, rwyt ti mor feddal!' byddai Cadi'n dweud wrth fagu Jac fel babi.

'Ti yw'r gwningen orau yn y byd,' fyddai Rhys yn ei ddweud wedyn wrth roi danteithion blasus iddo. Dysgodd Jac yn sydyn pe byddai'n edrych arnyn nhw â'i lygaid mawr brown y byddai'n cael darn arall o frocoli neu

hyd yn oed galon afal. Byddai wedyn yn suddo'i ddannedd bach miniog i mewn i'r bwyd, yn hapus ei fyd.

Dysgodd Jac hefyd, pe byddai'n gwningen dda, y câi ddod allan o'i gwt yn yr ardd a rhedeg o gwmpas y lolfa, yn ymestyn ei gyhyrau, yn siglo'i gynffon ac yn ysgwyd ei ffwr.

Roedd Jac wrth ei fodd yn byw gyda Cadi, Rhys a Mam a Dad. Doedd e erioed wedi bod yng nghwmni pobl o'r blaen. A phan fyddai'n cael dod mewn i'r tŷ byddai'n treulio oriau'n gwylio'i deulu bach newydd yn mynd a dod. Ond roedd llawer o bethau'n achosi penbleth iddo. *Pam eu bod nhw'n eistedd o gwmpas y bwrdd pren i fwyta? Pam na allen nhw fwyta bwyd o bowlen neu hyd yn oed oddi ar y llawr, fel roedd e'n ei wneud? Roedd hi'n llawer haws fel hynny,* meddyliodd. *On'd oedd pobl yn rhyfedd!*

Ac roedd yna bethau eraill hefyd nad oedd e'n eu deall. Byddai'n rhyfeddu bob dydd at y ffaith eu bod nhw'n eistedd o flaen rhyw focs swnllyd, oedd â llwyth o wifrau yn dod allan o'i gefn, yn gwylio lluniau'n symud a siarad. 'Teledu' oedd y gair roedd y plant yn ei ddefnyddio am y bocs.

Un tro, ceisiodd Jac hogi'i ddannedd ar un o'r gwifrau oedd y tu ôl i'r teledu, ond cafodd ei roi yn ôl yn y cwt yn syth wedi i Rhys sylweddoli beth oedd e'n ei wneud.

'Tynna'r gwningen 'na oddi ar y gliniadur,' oedd gwaedd swrth Mam rhyw ddiwrnod wedyn wrth i Jac geisio crafu'r sgrin lyfn â'i ewinedd. 'A 'nôl ag e i'r cwt ar unwaith!'

Un tro, fe gafodd Jac ei ddal yn cnoi pren rhywbeth arall yn y lolfa. Dyna deimlad braf oedd cael hogi'i ddannedd blaen ar y pren hyfryd, caled. Ond ymhen eiliadau roedd Cadi wedi cydio ynddo.

'O na! Y delyn! Wel, o'nd wyt ti'n gwningen ddrwg,' meddai.

Pam? meddyliodd Jac. *Pam ydw i'n ddrwg? A beth yw telyn?*

Chafodd e ddim ateb, wrth gwrs, dim ond cael ei roi 'nôl yn ei gwt bach twt.

Pennod Dau

Yn yr ardd gefn roedd cwt Jac, yn union o dan ffenest y gegin. Chwarae teg, roedd y cwt yn un bach digon cyffyrddus – yn dipyn mwy na'r cartref roedd e'n ei rannu gyda'r cwningod eraill yn y siop. Roedd dau lawr iddo ac felly

roedd gan Jac stafell wely, lle chwarae, stafell fwyta a thŷ bach. Roedd ganddo wellt a blawd llif ac roedd Jac yn hapus ei fyd, ar y cyfan. Câi fynd i'r tŷ bob dydd i weld pawb ac i redeg o gwmpas y lle, ond roedd e eisiau bod yn y tŷ clyd gyda Cadi a Rhys drwy'r amser. Roedd e eisiau bwyta gyda nhw ac eisiau teimlo ei bawennau ar y carpedi meddal o fore gwyn tan nos.

Yn ei ddiflastod dechreuodd Jac gnoi'r pren
ar wal gefn y cwt.

Dyma deimlad braf, meddyliodd.

Sylweddolodd ei fod yn dechrau torri twll yn y pren.

Cnoi a chnoi wnaeth Jac tan iddo greu twll yn wal y cwt.

Alla i ddianc os dw i eisiau, meddyliodd.

Yn sydyn clywodd sŵn.

'Dyma foronen i ti, Jac.' Llais Mam.

Llusgodd Jac fwndel o wair sych dros y twll rhag ofn i Mam weld fod ganddo gynlluniau i ddianc.

Taflodd Mam y foronen i'w gawell ac edrychodd Jac arni yn ddiolchgar gyda'i lygaid mawr brown, diniwed.

Gwenodd Mam arno a mynd yn ôl i'r tŷ.

Pennod Tri

Nos Sul oedd hi ac roedd pawb wedi mynd i'r gwely'n gynnar. Eisteddai Jac yn nhawelwch y cwt yn syllu ar y wal gefn bren. Erbyn hyn roedd Jac wedi cnoi twll oedd yn ddigon mawr iddo allu edrych drwyddo.

Heno yw'r noson, meddyliodd.

Gwasgodd ei ben drwy'r twll.

Aw, meddyliodd. *Mae hwn yn dynn.*

Cnôdd ychydig yn fwy o gwmpas ymyl y twll.

Ceisiodd wasgu'i holl gorff drwy'r twll – a llwyddodd – gan lanio'n daclus ar y patio. Edrychodd 'nôl ar y twll a rhyfeddu'i fod wedi gwasgu trwy rywbeth mor fach. Mae'n rhaid bod ganddo fwy o ffwr nag oedd e wedi meddwl.

Neidiodd Jac ar silff ffenest y gegin ac edrych i mewn. Roedd pob golau wedi diffodd. *Mae'n rhaid bod pawb yn cysgu.* Sylwodd fod y ffenest fach uchaf yn gilagored. Roedd hon wastad ar agor fel bod awyr iach yn dod i'r gegin. Neidiodd Jac drwyddi heb drafferth a glanio ar ochr y sinc, rhwng y tegell a'r tostiwr. *Lwcus nad yw hwnnw ymlaen,* meddyliodd Jac, *neu fydden i wedi llosgi 'mhen-ôl.*

Rhuthrodd Jac ar hyd silffoedd y gegin a chyrraedd at y bowlen ffrwythau. Roedd popeth ynddi'n edrych mor flasus ac allai e ddim peidio â mentro. Cnôdd ddarn o afal, yna darn o oren, yna gellygen. Roedd yr ellygen yn felys, felys a doedd Jac ddim yn gallu rhoi'r gorau i'w chnoi. Dyma fe'n ei bwyta i gyd, hyd yn oed yr hadau y tu mewn iddi. Wrth basio, llwyddodd Jac i agor yr oergell a llowcio darn o foronen, caws a siocled.

Dawnsiodd i mewn i'r stafell fwyta a neidio ar y bwrdd. *Dyna beth oedd teimlad braf.* Roedd gliniadur Mam ar y bwrdd ac fe gurodd Jac y llythrennau â'i bawennau, fel roedd wedi gweld Mam yn ei wneud droeon. Yna llyfodd y llythrennau i weld sut flas oedd arnynt.

Blas melys, meddyliodd. *Efallai bod Rhys neu Cadi wedi bod yn bwyta siocled cyn defnyddio hwn.*

Neidiodd i lawr a martsio yn hyderus i'r lolfa. Dychmygodd mai dyma ei gartref newydd a taw fe oedd brenin y tŷ! Roedd Jac yn gwybod erbyn hyn nad oedd i fod i gnoi popeth roedd e'n ei weld. 'Dim cnoi'r delyn na'r gwifrau, dim cnoi'r delyn na'r gwifrau,' meddai

wrtho'i hunan sawl gwaith. Ond roedd y demtasiwn yn ormod iddo. Allai e ddim peidio mynd y tu ôl i'r teledu, ac er ei fod yn gwybod ei fod yn gwneud rhywbeth drwg ... cnôdd drwy ddwy wifren!

Roedd Jac yn cael amser wrth ei fodd erbyn hyn. Ond doedd cnoi'r gwifrau ddim yn ddigon iddo. Nesaf, aeth at y delyn a chrafu'r pren gyda'i ddannedd. *Dyna beth oedd nefoedd*, meddyliodd. Neidiodd Jac ar y soffa lle roedd Cadi a Rhys yn arfer eistedd, a gorweddodd yno am sbel yn syllu ar y teledu, ond doedd dim lluniau arno heno, na sŵn, dim ond blwch mawr du, tywyll.

Yn sydyn.

Bang.

Sŵn o'r llofft.

Roedd Jac wedi deffro rhywun.

Amser dianc, meddyliodd Jac.

Brysiodd yn ôl i'r gegin gan gnoi twll yn un o'r clustogau wrth basio. Rhedodd Jac am y

ffenest, neidio drwyddi a gwthio'i hun yn ôl trwy'r twll yn wal ei gwt. Teimlai'n hapus, a chysgodd yn drwm am weddill y nos ... mor drwm â chwningen fach oedd newydd fod ar antur gyffrous!

Pennod Pedwar

Drannoeth cododd Dad a Mam yn gynnar. Wrth i Dad ferwi'r tegell i wneud te sylwodd fod drws yr oergell ar agor.

'Pwy sy 'di gadel hwn ar agor?' gofynnodd.

'Nid fi,' meddai Mam.

'Mae rhywun wedi cnoi'r caws a'r siocled ... a'r moron.'

Edrychai'r ddau yn syn ar ei gilydd.

Gwaeddodd Dad ar Cadi a Rhys i ddod lawr i'r gegin o'r llofft.

Daeth y ddau i mewn a sylwi'n syth ar y bowlen ffrwythau. Cododd Rhys afal coch. Roedd darn wedi ei gnoi ohono.

'Pwy wnaeth hyn?' gofynnodd.

'Nid fi,' atebodd Cadi gan sylwi ar sudd gludiog ar hyd y silff.

'Gobeithio nad oes llygod gyda ni,' meddai Mam.

Aeth Mam i mewn i'r stafell fwyta a gweld bod cyfres o lythrennau ar sgrin ei gliniadur oedd ddim yn gwneud synnwyr.

'Ma rhywun wedi torri i mewn 'ma!' meddai gan frysio i'r lolfa. Cododd glustog a gweld bod twll ynddo.

'Beth? Ond, does dim arwyddion bod rhywun wedi torri i mewn,' meddai Dad. Mae'n edrych yn debyg i fi mai Jac sydd wedi bod wrthi'n creu difrod pan oedd neb yn edrych. Mae'n rhaid i chi fod yn fwy gofalus ohono, blant.'

Edrychodd Cadi a Rhys ar ei gilydd. Roedd hyn yn rhyfedd. Roedden nhw wedi bod yn cadw llygad barcud ar Jac. Fyddai e byth wedi gwneud y difrod hwn dan eu trwynau nhw.

Aeth pawb i'r ysgol ac i'r gwaith heb feddwl rhagor am y peth.

Pennod Pump

Y noson honno, pan oedd Jac yn siŵr bod pawb yn cysgu, fe wasgodd ei hunan drwy'r twll yn y cwt unwaith eto a neidio i mewn drwy ffenest y gegin. Y tro hwn aeth yn syth i'r lolfa ac at y gwifrau y tu ôl i'r teledu. Roedd wedi bod yn breuddwydio am gnoi'r rhain drwy'r dydd. Treuliodd hanner awr yn cnoi tyllau drwy bob un ohonyn nhw.

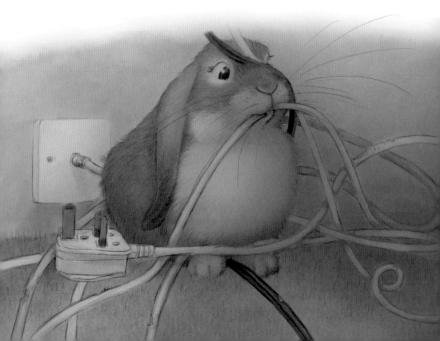

Wedyn aeth am y grisiau. O'r diwedd, dyma'i gyfle mawr i weld beth oedd lan lofft. Aeth i fyny fesul gris. Teimlad braf oedd neidio o un gris i'r llall – mor braf nes iddo fynd i fyny ac i

lawr dair gwaith, gan snwffian yn y corneli tra oedd wrthi.

Aeth ar draws y landin ac i mewn i'r stafell gyntaf. Y stafell molchi. Roedd y llawr yn fan hyn yn llithrig a dyma Jac yn cael sbort yn rholio arno. Yna neidiodd i fyny at ochr y bath a tharo lwmp pinc i'r llawr. O'i snwffian sylweddolodd mai gyda hwn fyddai Cadi, Rhys a Mam a Dad yn ymolchi, achos roedd yr un arogl melys arnyn nhw. Sebon oedd hwn, mae'n rhaid. Llithrai'r sebon rhwng ei bawennau a threuliodd Jac funud neu ddwy yn sglefrio ar draws y llawr gyda'i bawennau ar y sebon. Hwyl a sbri!

Aeth Jac i mewn i'r stafell nesaf. Roedd Mam a Dad yno yn cysgu yn y gwely. *Dyna ryfedd*, meddyliodd Jac. *Dim ar wellt ma nhw'n cysgu.* Roedd Dad yn gwneud rhyw sŵn fel mochyn wrth gysgu. Rhoddodd Jac ei ddannedd yn y flanced oedd yn hongian oddi ar waelod y gwely. Blanced drwchus, feddal.

Aeth Jac i mewn i stafell Cadi a neidiodd ar waelod ei gwely. Gwelodd rywbeth rhyfedd. Person bach, bach, bach a gwallt hir melyn a wyneb pert. Roedd wedi gweld Cadi'n brwsio gwallt hon sawl gwaith.

Beth oedd e?

Cnodd Jac y gwallt hir ond cosodd y blew ei drwyn.

'Aaaatisshw!' Tisiodd Jac mor uchel nes oedd rhaid iddo fynd i guddio dan y gwely rhag ofn ei fod wedi deffro pawb. Ond symudodd neb. Ymhen munud neu ddwy sleifiodd Jac allan o dan y gwely ac aeth mewn i stafell Rhys. Roedd Rhys yn cysgu'n drwm ac roedd Jac yn ysu am gael bod yn y gwely cynnes gydag e. Roedd y demtasiwn yn ormod iddo, a neidiodd ar y gwely gan wthio'i hun dan y gorchudd, reit o dan ên Rhys. Wrth gwrs, dyma flew Jac yn cosi Rhys a'i ddeffro. Ond roedd e'n hanner cysgu o hyd a rhoddodd floedd.

'Help! Llygoden!' gwaeddodd.

Deffrodd Cadi a Mam a Dad a rhedeg mewn i stafell Rhys. Pan welon nhw Jac yn syllu arnyn nhw gyda'i ddwy lygad fawr ddu, ddiniwed doedden nhw ddim yn hapus.

'Beth ma *hwn* yn neud yn y tŷ?' gofynnodd Dad yn grac.

'Mae'n rhaid ei fod wedi dod i mewn ar ei ben ei hunan,' meddai Cadi.

Cydiodd Dad yn Jac a'i gario i lawr y grisiau

ac yn ôl mewn i'r cwt. Symudodd y gwellt o gwmpas a gweld y twll. Ochneidiodd yn flin.

Y bore wedyn dyma Dad yn dod â darn o bren a hoelion a morthwyl, a gosod y pren dros y twll.

'Chei di ddim dianc eto, y gwningen ddrwg,' meddai a brasgamu 'nôl i'r tŷ. Roedd Jac yn drist ac yn unig.

Pennod Chwech

Er bod Jac yn dal i gael dod allan o'r cwt unwaith y dydd i chwarae yn y tŷ, roedd e'n siomedig nad oedd yn cael crwydro i ble bynnag yr oedd e eisiau. Gyda dim ond blawd llif a gwellt yn gwmni roedd y dyddiau'n hir.

Ond roedd lwc Jac ar fin newid. Un noson anghofiodd Rhys gau caead y cwt yn iawn ar ôl rhoi bwyd iddo.

'Nos da, Jac,' meddai Rhys wrth fynd i'r tŷ a chau'r drws ar ei ôl.

Arhosodd Jac i'r tŷ fynd yn dawel ac i'r goleuadau gael eu diffodd. Yn ddistaw bach ac yn ofalus iawn agorodd Jac gaead y cwt gyda'i drwyn. Sbonciodd allan ac anelu am y ffenest oedd yn dal i fod yn gilagored.

Yn y tŷ, roedd Jac yn fwy gofalus nag o'r blaen a gwnaeth yn siŵr nad oedd yn gadael unrhyw olion ei fod wedi bod yno o gwbl. Cafodd hwyl yn bwyta ffrwythau ac yn sychu'r sudd gyda'i bawennau. Roedd Mam wedi gosod jwg llond o flodau ar fwrdd y stafell fwyta, felly cymerodd Jac un o'r rhosod yn ei geg a'i lyncu'n gyfan. Yna bwytaodd y coesyn – a'r drain hefyd. Roedd yn siŵr na fyddai Mam ddim yn gweld eisiau un rhosyn.

Treuliodd ugain munud yn prancio ar fat gwlân y lolfa. Roedd digon o le iddo wneud campau, fel neidio a chodi ar ei goesau ôl.

Gwnaeth hyd yn oed fentro i wneud tin dros ben! O roedd Jac yn mwynhau ei ryddid. Ond ar ôl sbel, wedi blino'n lân ar ôl yr holl hwrli bwrli, syrthiodd Jac i gysgu ar y soffa.

Pennod Saith

Deffrodd Jac yn sydyn. Safodd ei glustiau i fyny'n syth. Roedd sŵn yn dod o'r gegin. Agorodd Jac ddrws y lolfa'n araf ac yn ofalus, gan gripian yn dawel ar flaenau ei

bawennau. Roedd golygfa ryfedd o'i flaen. Yno, gwelodd ddyn yn gwisgo mwgwd ac yn cario sach yn sleifio i mewn i'r stafell fwyta. Gwyliodd Jac ef yn codi'r gliniadur ac yn ei roi yn y sach. Yna aeth heibio Jac ac i mewn i'r lolfa. Cododd y cloc oddi ar y silff ben tân a'i roi yn y sach.

Dyw hyn ddim yn iawn, meddyliodd Jac. *Nid ei bethau e yw'r rhain. I ble mae e'n mynd â nhw?*

Nesaf, trodd y dyn tuag at y grisiau ond cyn iddo gael cyfle i symud neidiodd Jac ar ei goes a phlymio ei ddannedd miniog ynddi. Gwingodd y dyn a cheisio peidio â gwneud gormod o sŵn. Ysgydwodd ei goes tan fod Jac yn gollwng ei afael. Meddyliodd Jac yn chwim a rhedodd o flaen traed y dyn a'i faglu. Syrthiodd y dyn yn glep ar lawr y cyntedd gydag ergyd uchel.

'Aw!' gwaeddodd y dyn. 'Y nghoes i. Aw! Aw!'

Deffrodd Dad a Mam a neidio allan o'r gwely.

'Beth sy'n digwydd?' gwaeddodd Dad o'r landin gan gynnau'r goleuadau. Safodd yn fud pan welodd y dyn diarth yn gorwedd ar lawr y cyntedd yn gwingo ac yn gweiddi mewn poen.

'A beth mae'r gwningen yna'n wneud yn y tŷ eto?'

'Beth yn y byd?' meddai Mam oedd yn sefyll wrth ei ochr. Erbyn hyn roedd Cadi a Rhys wedi deffro hefyd.

'Pwy yw'r dyn yna?' gofynnodd Cadi.

'Lleidr,' meddai Jac, ond wrth gwrs doedd neb yn gallu ei glywed, heb sôn am ddeall beth roedd e'n ei ddweud.

Cydiodd Dad yn ei ffôn a gwasgu 999.

'Helô? Heddlu? Dewch draw ar unwaith! Mae rhywun wedi torri i mewn i'r tŷ ... na, peidiwch â phoeni. Dyw e ddim yn gallu symud. Dw i'n meddwl ei fod e wedi torri'i goes.'

Pennod Wyth

Gwyliodd Jac y dyn yn cael ei gario i'r ambiwlans a heddwas yn ei ddilyn. Roedd heddwas arall yn siarad gyda Mam a Dad gyda'r sach yn ei law.

'Diolch byth am y gwningen yma, Mr Jones,' meddai'r heddwas. 'Mae'n stori anhygoel, ond mae'n wir. Fe wnaeth eich cwningen chi faglu'r lleidr yna a gwneud iddo fe dorri'i goes fel na allai symud o'r fan. Ry'n ni'n ddiolchgar iawn i … beth yw 'i enw e?'

'Jac,' meddai Cadi.

'Ni'n ddiolchgar iawn i Jac achos ry'n ni wedi bod yn chwilio am y lleidr yma ers amser hir. Mae e wedi bod yn dwyn o dai yn yr ardal yma ers misoedd, ond mae hi wedi bod yn amhosib ei ddal.'

'Tan heno,' meddai Dad.

'Ie. Tan heno. Mae'r gwningen fach yna'n sbesial iawn, wir i chi.'

Cododd Rhys Jac i'w gôl a mwytho ei ben.

Ar ôl i'r heddwas fynd cafodd Jac ei drin fel brenin. Cafodd bowlen llawn o sbrowts a brocoli. Wedyn cafodd bowlen arall llawn ffrwythau o bob math. Roedd pawb yn gwenu ar Jac a chafodd ei basio o un i'r llall, gyda phawb eisiau ei fwytho a chusanu ei fochau blewog.

'Dyna gwningen glyfar wyt ti,' meddai Mam. 'Gei di anrheg sbesial gynnon ni.'

Ac yn wir, cafodd Jac gwt newydd oedd fel palas. Roedd gan y cwt bedwar llawr ac roedd gan Jac wely yn hytrach na gwellt. Ond, a bod yn onest, doedd Jac ddim yn ei gwt rhyw lawer am fod y teulu wedi penderfynu caniatáu iddo ddod i'r tŷ unrhyw bryd. Roedd yn cael crwydro i unrhyw le a bwyta unrhyw beth. Os oedd yn dymuno, roedd yn cael cysgu ar y mat meddal, hyfryd o flaen y tân yn y lolfa. Roedd Jac wir yn cael bywyd braf ac roedd ar ben ei ddigon. Ond roedd yn ei haeddu; wedi'r cwbl, Jac achubodd y gliniadur a'r cloc, a Jac heb amheuaeth wnaeth achub y dydd. Roedd Mam, Dad, Cadi a Rhys yn meddwl ei fod yn werth y byd i gyd.